tredition®

www.tredition.de

AF204254

Claudia Gesang

Jahrgang 1926

Erinnerungen einer alten Dame

www.tredition.de

© 2020 Claudia Gesang

Verlag & Druck: tredition GmbH, Halenreie 40-44, 22359 Hamburg

ISBN
978-3-347-17657-7 (Paperback)
978-3-347-17658-4 (Hardcover)
978-3-347-17659-1 (e-Book)

Bibliografische Informationen der Deutschen Nationalbibliothek:
Die Deutsche Nationalbibliothek verzeichnet diese Publikation in der Deutschen Nationalbibliographie. Detaillierte bibliographische Daten im Internet über http://www.d-nb.de abrufbar.

Die Anekdoten und alle darin beschriebenen Personen haben reale Vorbilder. Ähnlichkeiten mit heute lebenden Personen wären aber rein zufällig und sind keinesfalls beabsichtigt!

Vorwort

Ilse Förster, die natürlich im realen Leben ein wenig anders heißt, habe ich auf eine für sie schmerzhafte Weise kennengelernt. Sie wohnte nur ein paar Häuser weiter, aber wir waren uns bisher nie über den Weg gelaufen.

Eines warmen Sommertages im Juni 2011 fegte ich vor unserem Haus den Bürgersteig und eine offensichtlich betagte, aber sehr rüstige Dame kam mit ihrem Hund vorbei. Sie grüßte sehr freundlich – ich grüßte zurück. Ein Nachbar sprach sie ein paar Schritte weiter an und die beiden unterhielten sich angeregt, bis ...

... ja, bis ihr Hund eine Katze erspähte und urplötzlich mit lautem Gebell davonraste. Die alte Dame war darauf nicht gefasst. Ihr wurden buchstäblich die Beine weggerissen und sie stürzte auf den harten Asphalt.

Sofort rannte ich zu ihr hin und half dem Nachbarn sie hochzuheben. Während er versuchte, ihren Hund wieder einzufangen, begleitete ich die Dame zu ihrer Haustür. Sie fühlte sich in der Lage, selbst hinein zu gehen, und so verabschiedete ich mich mit aufrichtigen Genesungswünschen.

Ein paar Tage später fragte mein Nachbar, ob er der „Patientin" meine Telefonnummer geben dürfe. Sie sei nun doch recht geschwächt und könne schlecht laufen. Nun solle sie zur Kontrolle in ihre Hausarztpraxis kommen. An eine Busfahrt sei auf keinen Fall zu denken. Ach ja, ihr Name sei Förster, Ilse Förster!

Natürlich hatte ich nichts dagegen. Und so kam es, dass ich am nächsten Tag Frau Förster zur Praxis fuhr und auf sie wartete.

„Wissen Sie, Frau Gesang, es ist riesig nett von Ihnen, mich hin und zurück zu kutschieren. Ich möchte mich gerne erkenntlich zeigen. Haben Sie noch Zeit für einen Besuch im Café „Russischer Hof"?"

„Selbstverständlich habe ich Zeit für Sie, Frau Förster. Sie müssen das aber nicht tun. Wir sind doch schließlich Nachbarn – da hilft man sich!"

Sie lachte, machte aber unmissverständlich klar, dass sie sich gerne revanchieren wollte. Und ich tat ihr den Gefallen. Im Café bestand Frau Förster neben unseren Kännchen Kaffee auf einem großen Stück Kuchen für jede von uns. Widerspruch ließ sie nicht gelten. Sie war dabei aber so freundlich und herzlich, dass mir die ungeplanten Kalorien nichts ausmachten.

Die Folgen dieser (dann doch recht langen) Unterhaltung waren regelmäßige gemeinsame Ausflüge, Schiffstouren, Einkaufsbummel, viele wunderbare Gespräche und eine wachsende Freundschaft – trotz des Altersunterschiedes von 36 Jahren!

In diesen Gesprächen erzählte sie mir Anekdoten aus ihrem ereignisreichen und unglaublich interessanten Leben – viele davon aus der Zeit des 2. Weltkrieges. Durch ihre Augen habe ich eine Zeit kennenlernen dürfen, die ich selbst nie erlebt habe!

Kennenlernen

Frau Förster und ich sind zum zweiten Mal zusammen unterwegs. Ihr Wunsch war ein Besuch in Eltville, einem hübschen Ort am Rhein. Wir bummeln durch die kleine Fußgängerzone, schlendern hinunter zum Rheinufer und setzen uns auf einer der zahlreichen Bänke in die Sonne.

„Frau Gesang, darf ich mich ein bisschen nach Ihnen erkundigen? Es interessiert mich sehr, woher Sie kommen, ob Sie verheiratet sind und was Sie beruflich machen. Hoffentlich halten Sie mich nicht für indiskret oder gar neugierig!"

„Aber nein, ganz und gar nicht! Wissen Sie, ich bin in Rüsselsheim geboren, in Trebur aufgewachsen und war 20 Jahre lang mit einem Lehrer verheiratet, bevor die Ehe leider scheiterte. Wir haben einen Sohn, Tim, der mir sehr viel Freude macht. Er liegt gerade in den letzten Zügen des Abiturs und wird anschließend eine Ausbildung zum Industriekaufmann bei Opel beginnen. Danach will er berufsbegleitend Betriebswirtschaft studieren und (wenn alles gut läuft) den Masterstudiengang dranhängen. Ich bin jetzt 49 Jahre alt und Industriekauffrau – während meiner Bürokarriere habe ich fast immer als Geschäftsleitungsassistentin gearbeitet. Leider kamen letztes Jahr ein Burnout und eine schwere Depression dazwischen. Seither kann ich nicht mehr arbeiten und muss eine Erwerbsminderungsrente beziehen. Ich habe aber seit ein paar Jahren einen sehr netten Lebensgefährten."

„Oh, Ihre Erkrankung tut mir sehr leid, Frau Gesang. Man sieht sie Ihnen gar nicht an. Es ist sicher nicht einfach für Sie, so jung *(hier muss ich im Stillen lächeln)* schon nicht mehr arbeiten zu können. Wenn Sie mögen und Zeit dafür haben, dann können wir ja weiterhin Ausflüge zusammen unternehmen. Ich habe mein letztes Auto schon vor einigen Jahren verkauft – wissen Sie, ich sehe nicht mehr sehr gut – und fahre seither mit Bus oder Taxi. Selbstverständlich sollen Sie diese Ausflüge nicht umsonst machen ... wir werden einfach jedes Mal irgendwo einkehren – Sie als mein Gast, natürlich – und ich zahle auch das Benzin und alle Eintrittsgelder. Was denken Sie?"

Ich bin erst einmal völlig sprachlos.

„Bitte fühlen Sie sich nicht überrumpelt, liebe Frau Gesang! Ich wollte durchaus nicht so mit der Tür ins Haus fallen, aber irgendwie passte dieser Vorschlag gerade wunderbar in unser Gespräch, finden Sie nicht?"

Doch, finde ich!

„Liebe Frau Förster, ich bin begeistert!!! Ehrlich gestanden, gehe ich nicht sehr oft aus dem Haus – die Depression ist eben noch nicht wirklich überwunden, auch wenn die Medikamente sehr gut wirken. Und wenn ich jetzt mit Ihnen zusammen ausgehen darf, dann wird mir das wesentlich leichter fallen. Also ja, wir können sehr gerne weiterhin Ausflüge machen. Wohin zieht es Sie nächstes Mal?"

„Oh, da lasse ich mir etwas einfallen. Wann hätten Sie denn Zeit?"

„Gerne übermorgen – da habe ich den ganzen Tag nichts vor.“

„Abgemacht. Ich denken, wir starten früh ... so gegen 10 Uhr. Ist das in Ordnung?“

„Ja, das ist prima – ich schreibe es mir gleich auf! Darf ich im Gegenzug jetzt Sie fragen, woher Sie kommen?“, taste ich mich ganz vorsichtig vor.

„Ja, natürlich! Ich bin Berlinerin, geboren 1926 und habe nach dem Krieg Jura studiert. Vor meinem Ruhestand war ich viele Jahre bei einem rheinhessischen Unternehmen der Lebensmittelbranche angestellt und habe mich dort um das internationale Vertragsrecht gekümmert.“

Ich bin sehr beeindruckt.

„Zur Zeit der Machtübernahme wohnte ich mit meinen Eltern in Berlin. Meine Mutter führte einen ... na, heute würde man vielleicht Tante-Emma-Laden sagen, also ein Kolonialwaren-Geschäft. Mein Vater, der leider sehr früh verstorben ist, besaß außerhalb Berlins ein Sägewerk, war aber gelernter Koch. Er hat in großen Hotels gearbeitet und war vor dem Krieg drei Mal zum Arbeiten in den USA – immer dann, wenn ihm als Freigeist Berlin und Deutschland wieder einmal zu eng wurden. Einmal ist er sogar derart überstürzt abgereist, dass sein Vater noch eine offene Schneider-Rechnung zahlen musste!“, schmunzelt sie.

„Ich kann mich noch gut daran erinnern, dass damals die sogenannten Volksempfänger auf den Markt kamen. Meine Mutter hat sofort ein Exemplar gekauft – die Geräte waren ja sehr preisgünstig, da konnte sich fast jeder so etwas leisten. Neben den Zeitungen war der Volksempfänger das einzige Medium, mittels dessen man sich informieren konnte. Und informiert sein wollten wir auf jeden Fall. Mutter meinte, dass sie mit guter Information schneller als andere auf Trends (so würde man heute wohl sagen) reagieren könne. Und sie war eine gute und erfolgreiche Geschäftsfrau!

Ich bin in Berlin zur Schule gegangen und kam 1936 in die Oberschule, also ins Gymnasium. Die Oberschulen waren damals selbstverständlich nach Geschlechtern getrennt. Als uns einer unserer Lehrer nach unserer Religionszugehörigkeit befragte, gaben wir natürlich alle Auskunft: Es waren mehr evangelische als katholische Mädchen in meiner Klasse. Ich kann mich aber noch gut erinnern, dass eine meiner Mitschülerinnen zur Antwort „gottgläubig" gab. Wir wussten nicht recht, was wir davon halten sollten. Auch der Lehrer gab keinen Kommentar."

„Könnte das Mädchen vielleicht Jüdin gewesen sein?", frage ich ganz vorsichtig, denn ich möchte Frau Förster keinesfalls in eine für sie unangenehme Lage bringen – schließlich weiß ich ja nicht, wie sie zum damaligen Regime stand.

„Das kann ich Ihnen nicht sagen – wir haben sie nie danach gefragt. Aber eines weiß ich noch ganz genau: In meiner Klasse verschwand während meiner ganzen Schulzeit kein Mädchen plötzlich und unerwartet – deshalb gehe ich davon aus, dass sie vielleicht gar keiner Konfession angehörte."

Ich muss sagen, das Gespräch mit Frau Förster ist sehr interessant und spannend – wir sehen plötzlich beide auf die Uhr und müssen lachen.

„Jetzt haben wir uns aber verschwätzt!", stellt Frau Förster fest. „Na, wir sehen uns ja bald wieder – ich freue mich schon darauf. Sie glauben gar nicht, wie einsam und langweilig es ist, alleine im Café oder Restaurant zu sitzen, alleine in der Stadt zu bummeln oder gar alleine neue Kleidungsstücke zu suchen und anzuprobieren – noch dazu kann ich nicht mehr so gut laufen. Das macht die Sache schon schwierig genug. Deshalb freue ich mich sehr, dass ich jetzt Gesellschaft haben werde – vielen Dank!"

Erstes Treffen

Unsere nächste Begegnung lässt nicht lange auf sich warten. Dieses Mal – das Wetter ist regnerisch – möchte Frau Förster lieber zu Hause bleiben. Deshalb besorge ich in Schlangenbad ein wenig Kuchen, koche Kaffee und trage alles in einem Korb quer über die Straße zu ihrem Haus.

„Hallo, Frau Gesang – schön, dass Sie da sind! Oh, was ist denn da alles in Ihrem Korb? Das Papier kenne ich – so verpackt die Eigentümerin des „Russischen Hofs" ihre Kuchen."

„Stimmt genau, Frau Förster. Ich dachte, dass wir es uns bei dem trübsinnigen Wetter in Ihrem Wohnzimmer bei Kaffee und Kuchen gemütlich machen. Ein bisschen Lektüre habe ich auch mitgebracht, falls ich Ihnen etwas vorlesen soll."

„Das ist ja nett von Ihnen! Was ist das denn für ein Buch?"

„Tja, Frau Förster, das habe ich selbst geschrieben. Es heißt „Mir kann sowas nicht passieren!" und beschreibt einen Teil meiner Vergangenheit, in der ich über einen neuen Job, Arbeitslosigkeit und Depression wieder ins Leben zurück finde."

„Hört sich ja sehr spannend an. Nach dem Kaffeetrinken würde ich gerne ein Stück daraus hören."

Ich nicke, tische Kaffee und Kuchen auf und wir setzen uns gemütlich an ihren Wohnzimmertisch. Ihr

Haus ist genauso geschnitten wie meines, so dass ich die Küche ohne Probleme finde.

Während des Genießens unterhalten wir uns – und wie von selbst kommt die Sprache wieder auf Frau Försters Leben.

„Wissen Sie, Frau Gesang, in der Oberschule wurden wir nach Ostpreußen oder nach Schleswig-Holstein verschickt."

„Wie??? Die ganze Klasse?"

„Nein, natürlich die ganze Schule! Wir sollten dort bei der Ernte oder im Haushalt helfen. Ich weiß noch, dass ich gerne nach Ostpreußen fahren wollte – die weite Welt sehen. Schleswig-Holstein war mir zu nah an Berlin. Und ich hatte Glück – ich wurde wirklich nach Ostpreußen beordert. Die Familie, der ich zugewiesen wurde, besaß in Gartenberg *(heute Gorczyce, Polen)* einen großen Gutshof. Gartenberg liegt etwa 100 km südöstlich von Rastenburg. Wissen Sie, was in Rastenburg war?"

„Ja, Frau Förster, da hatte Hitler später eines seiner Hauptquartiere. Es hieß, glaube ich, Wolfsschanze."

„Stimmt genau. Aber davon wusste ich damals noch nichts. Wir waren ja nicht wirklich informiert. Der Weltempfänger, den wir hatten, brachte ja nur das, was die deutsche Bevölkerung hören sollte. Aber auch das war uns nicht bewusst, glauben Sie mir!

Die Bäuerin in Gartenberg war gerade Mutter geworden und brauchte Hilfe im Haushalt. Ich hatte natürlich überhaupt keine Ahnung von Haushaltsführung – meine Mutter machte das alles allein und ich lernte lieber eifrig für das Abitur. Mein Vater lebte zu dieser Zeit leider schon nicht mehr."

„Und wie war das so – in einem fremden Land bei fremden Leuten?"

„Ach, wissen Sie, das war ganz lustig. Zunächst fuhren wir ja mit dem Zug. Ich durfte sogar mein Fahrrad mitnehmen. Meine Mutter brachte mich also abends zum Bahnhof und half mir, alles im Abteil und das Fahrrad im Gepäckwagen zu verstauen. Der Bahnsteig war pickepacke voll – es fuhren ja sehr viele Mädchen nach Ostpreußen. Ein schneller Abschied von meiner Mutter und dann ging es auch schon los.

Wir fuhren die ganze Nacht hindurch. Als es am Morgen hell geworden war, lugte ich neugierig aus dem Fenster ... und war sehr enttäuscht!"

„Warum denn?"

„Na, es sah alles genauso aus wie in Deutschland! Es gab jede Menge Bäume, Felder, Wiesen und Bäche. Irgendwie hatte ich mir Ostpreußen ganz anders vorgestellt. Aber egal, ich freute mich auf mein Abenteuer.

Die Bäuerin holte mich mit einer Kutsche vom Bahnhof ab – zweispännig! Ich hatte Bedenken, ob denn mein Fahrrad auch noch Platz finden würde, aber die Bäuerin schwang es einfach auf die hinteren Sitze und ich nahm vorne auf dem Kutschbock neben ihr Platz. Allein das war schon aufregend für mich.

Im Gutshof angekommen, wies sie mir mein Zimmer zu und ich packte aus. Als wir in der großen Küche beim Essen saßen, sagte die Bäuerin plötzlich: „Die Ilse sieht sehr katholisch aus." Na, wenn das meine

Mutter gehört hätte! Meine ganze Familie war schon immer überzeugt evangelisch. Ich musste mir ein Grinsen verkneifen.

An einem der ersten Tage in Gartenberg bekam ich den Auftrag, das Haus zu putzen. Bewaffnet mit Zinkeimer, Wasser und Lappen machte ich mich ans Werk. Als ich der Bäuerin meldete, dass ich fertig sei, schaute sie mich belustigt an und deklamierte:

„Mit einem Eimer Wasser
putzt sie das ganze Haus.
Und ist sie damit fertig,
kocht sie noch Kaffee draus!"

Ich habe mich derart geschämt, dass ich das Gedicht bis heute nicht vergessen habe. Und auch nicht, das Wischwasser immer wieder zu wechseln", lacht Frau Förster.

„Mir ist bei meinem Auszug von zu Hause etwas Ähnliches passiert, liebe Frau Förster. Bei meiner ersten großen Wäsche hatte ich versehentlich eine schwarze Socke zur weißen Kochwäsche gesteckt ... das Ergebnis war atemberaubend. Aber der Mensch lernt am allerbesten durch Fehler."

„Stimmt! Und jetzt würde ich wirklich gerne ein paar Passagen aus Ihrem Buch hören, Frau Gesang. Wäre das möglich?"

„Selbstverständlich! Lassen Sie mich nur rasch den Tisch abräumen...".

Und wieder ein Treffen

„Guten Morgen, liebe Frau Gesang, hier spricht Ilse Förster. Was halten Sie heute von einem Ausflug nach Hallgarten? Ich brauche wieder mal ein paar Fläschchen Wein und kenne dort ein schönes Restaurant, wo wir anschließend lecker essen könnten. Es liegt am Hang und man hat einen wunderbaren Blick über das Rheintal."

„Das ist eine prima Idee! Ich lege nur rasch die trockene Wäsche zusammen, zieh' mir was Adäquates an und hole Sie in einer halben Stunde ab, ja?"

„So machen wir das – ich freue mich auf Sie!"

Rasch arbeite ich die letzten Wäschestücke ab und werfe mich in Schale, denn Frau Förster ist bei unseren Ausflügen stets picobello gekleidet. Als ich das Auto anlasse, steht sie schon vor ihrer Haustür. Ich helfe ihr (wie immer) beim Einsteigen und schon sind wir unterwegs.

In der Winzergenossenschaft in Hallgarten angekommen, werden Frau Förster gleich ihre bevorzugten Weine zur Verkostung angeboten. Sie probiert zwei Sorten und entscheidet sich spontan für ein paar Flaschen von ... beiden! Recht hat sie.

Danach fahren wir weiter zu dem angekündigten Restaurant, denn es ist mittlerweile Mittagszeit. Auch dort kennt man Frau Förster gut und wir bekommen einen sehr guten Tisch am großen Panoramafenster. Der Blick ist wirklich wunderschön.

„So, Frau Gesang, was suchen wir uns denn nun Gutes aus? Der Zander ist hier sehr zu empfehlen. Ich war viele Jahre hier Stammkundin. Wissen Sie, ich war ja nie verheiratet und habe immer allein gelebt. Ich koche zwar gerne, aber es würde mir viel mehr Freude machen, wenn ich jemanden bekochen könnte. Deshalb gehe ich sehr oft zum Essen aus."

Das kann ich natürlich gut verstehen – und sie kann es sich finanziell bestimmt problemlos leisten, das hat sie schon angedeutet. Mein schlechtes Gewissen, bei Ausflügen immer ihr Gast zu sein, wehrt sie jedes Mal kategorisch ab. Ich glaube, wenn ich sie nicht verärgern will, muss ich ihre Einstellung dazu einfach akzeptieren.

Und wieder kreisen unsere Gespräche um ihr Leben in der Zeit des Nationalsozialismus.

„Ach, kennen Sie eigentlich Püppi?", fragt sie mich schelmisch, als wir uns über ihre Schulzeit unterhalten.

„Nein, wer ist denn das?"

„So nannte Heinrich Himmler seine Tochter Gudrun. Sie war ebenfalls an meiner Schule, wenn auch ein bisschen jünger als ich. Püppi hatte alle möglichen Privilegien. Wir anderen Schülerinnen warteten jeden Morgen schon darauf, dass sie wieder mit einer großen Limousine samt Chauffeur zur Schule gebracht wurde. Sie durfte einfach alles – wir waren oft ein wenig neidisch. Aber da zumindest ich nicht wusste, wer Heinrich Himmler war bzw. was er noch werden sollte, habe ich mir nichts dabei gedacht. Sie war eben einfach eine Tochter aus reichem Hause für mich. Wissen

Sie, Frau Gesang, ich war schon immer sehr naiv, glaube ich, und bin es wohl noch."

Sie schmunzelt über sich selbst. Dann machen ihre Gedanken offenbar einen größeren Sprung (das werde ich noch öfter beobachten können) und sie spricht von ihrer Zeit im Reichsarbeitsdienst.

„Ach ja, das war im Grunde eine der schönsten Zeiten meines Lebens. Wir waren in einem Lager in Brandenburg..."

„Frau Förster, bitte verzeihen Sie die Unterbrechung, aber wie muss ich mir ein solches Lager denn vorstellen?"

„Oh, natürlich – Sie sind ja viel zu jung, um das zu wissen. Unser Lager bestand aus sog. Baracken. In einer Baracke waren unsere Schlafräume – wir waren zu zwölft auf einer Stube – und in einer anderen Baracke befanden sich Küche, Vorratskammern und ein großer Essraum. In unserem Lager lebten auch zwei Soldaten, die einzigen Männer, die ständig anwesend waren. Für sie gab es zum Schlafen nur eine Art Verschlag – das fand ich schon damals irgendwie ungerecht. Aber es war klar, dass sie von uns Mädchen räumlich getrennt sein mussten. Sie aßen auch separat.

In meiner Schlafstube war ich bald die Kameradschaftsälteste, so eine Art Stubenführerin *(sie lacht)*. Nicht, dass das irgendwelche Privilegien gebracht hätte ... ich musste dafür sorgen, dass es immer aufgeräumt und sauber war bei uns und teilte uns entsprechend dazu ein. Als meine Mutter einmal zu Besuch angereist kam, bat ich den Lagerkommandanten, einen Leutnant, der täglich einmal vorbeikam, um

Ausgang. Meine Mutter wollte abends mit mir essen gehen. Er schaute mich auf meine Bitte hin lange an und sagte dann sehr ernst: „Sie sind Kameradschaftsälteste – ich gebe Ihnen hiermit bis morgen früh 7:00 Uhr Urlaub auf Ehrenwort!". Das war irgendwie feierlich."

„Was haben Sie und Ihre Kolleginnen denn in diesem Lager gemacht, Frau Förster?", will ich wissen.

„Wir haben tagsüber in unserer Küche gearbeitet, denn die vielen Arbeitsmaiden und die beiden Soldaten mussten ja verköstigt werden. Wir wurden aber auch zum Dienst bei den umliegenden Bauern eingeteilt, z.B. als Erntehelferinnen oder um Ställe auszumisten. Auch in Gasthöfen wurden wir eingesetzt – in der Küche oder zum Servieren. Es waren ganz unterschiedliche Tätigkeiten und deshalb wurde uns nie langweilig. Wie gesagt, ich empfand die Zeit als sehr bereichernd."

„Darf ich ein etwas heikles Thema ansprechen?", traue ich mich dann doch zu fragen. Frau Förster nickt mir aufmunternd zu.

„Wurde in diesen Lagern nicht auch Unterricht zum Thema Nationalsozialismus erteilt? Ich meine, hatten Sie keine Unterweisungen irgendwelcher Art, die die Ideologie betrafen?"

„Nein, Frau Gesang, das kann ich guten Gewissens sagen. Wenn wir abends mit unserer Arbeit fertig waren (und wir hatten tagsüber bis auf die Essenszeiten keine Pausen!), dann haben wir Wäsche ausgebessert, Handarbeiten gemacht und vor allem viel gesungen.

Es wurde nicht ein einziges Wort der Indoktrination laut."

„Merkwürdig, dann haben mir meine Lehrer in der Schule ein etwas verzerrtes Bild eines solchen Lagers beigebracht. Das finde ich nun wieder gar nicht gut. Vielen Dank, dass Sie mir hier die Realität beschreiben!"

„Vorsicht! Ich kann natürlich nur über das Lager berichten, in dem ich selbst war. Wie es in anderen Lagern gehandhabt wurde, weiß ich freilich nicht. Möglicherweise gab es schon irgendwelche Belehrungen – nur eben nicht bei uns. Deshalb hatte ich ja diese Zeit als eine der schönsten bezeichnet, die ich erleben durfte.

Ach, das wollte ich Ihnen noch kurz erzählen: Mit in meiner Stube war Lissi, also eigentlich hieß sie Elisabeth. Sie hatte über ihrem Bett ein Bild von ihrem Onkel Karl an einem Nagel aufgehängt. Den kennen Sie doch sicher, nicht?"

Ich schüttle den Kopf. Nein, einen Onkel Karl, der zu einer Elisabeth gehört, kenne ich wirklich nicht.

„Na, das war natürlich Großadmiral Dönitz, der später die deutsche Kapitulation unterzeichnete!"

Und noch ein Treffen

Und wieder einmal sind Frau Förster und ich im Rheingau unterwegs. Dieses Mal fahren wir zum Anleger der Köln-Düsseldorfer-Schifffahrtsgesellschaft nach Rüdesheim. Frau Försters Ziel ist das kleine Städtchen Oberwesel, das sie schon oft besucht und das ihr immer wieder gut gefallen hat. Aus irgendeinem unerfindlichen Grunde hat sie für uns ein Taxi nach Rüdesheim bestellt. Auf meine erstaunte Frage wehrt sie aber eine Antwort schelmisch ab. Na gut – ich lasse mich also überraschen.

Zusammen mit einer großen Anzahl offensichtlich asiatischer Touristen laufen wir die Gangway hinunter. Frau Förster sichert uns sofort einen Tisch im Restaurant – am großen Panoramafenster.

„Frau Gesang, oben auf dem Promenadendeck ist es bei diesem schönen Wetter vor lauter Geschnatter nicht auszuhalten. Wir wollen doch wieder ein bisschen erzählen, nicht wahr? Da ist es hier unten bedeutend ruhiger und gemütlicher. Wenn Sie mögen, können Sie natürlich gerne nachher nach oben gehen und sich die schöne Gegend ansehen. Ich für mein Teil bleibe lieber hier unten."

„Ach, wir machen es uns erstmal hier gemütlich. Später kann ich ja die Nase mal in den Fahrtwind halten. Aber dazu habe ich im Moment noch keine Lust. Wie Sie schon sagten – wir wollen uns ja unterhalten."

Frau Förster winkt den Steward herbei und bestellt.

„Bitte bringen Sie uns zweimal das Lachsfrühstück mit zwei Kännchen Kaffee. Ach ja, und wir hätten gerne auch noch zwei Piccolöchen."

Der Mann lächelt und verschwindet sofort in Richtung Kombüse. Keine Viertelstunde später biegt sich unser Tisch unter den Köstlichkeiten. Wenn ich mir das Sortiment so ansehe, dann wäre ein einziges Lachsfrühstück für uns beide völlig ausreichend gewesen.

Frau Förster öffnet gekonnt die Piccolöchen und gießt den Sekt in unsere hohen Gläser.

„Auf einen schönen Tag und gute Gespräche, liebe Frau Gesang!"

„Darauf trinke ich gerne, liebe Frau Förster. Jetzt weiß ich auch, warum Sie auf einem Taxi bestanden haben...", lache ich.

„Tja, die kluge Frau baut vor!"

Genüsslich vertiefen wir uns in Brötchen, Lachs und Meerrettich. Auch die Frühstückseier lassen wir uns schmecken. Und – wie immer, da sie um mein Interesse an ihrer bewegten Vergangenheit weiß – beginnt Frau Förster zu erzählen.

„Habe ich Ihnen eigentlich schon von den Leuna-Werken erzählt? Nein? Na, dann tue ich das jetzt. Ich war zu einem anderen Zeitpunkt in einem Lager des Reichsarbeitsdienstes in der Nähe von Halle an der Saale stationiert. Das muss so etwa 1943 oder 1944 gewesen sein. Wir hatten den Auftrag, die Leuna-Werke zu schützen."

„Wie – schützen? Sie als Mädchen?"

„Ja, natürlich – ich muss etwa 18 Jahre alt gewesen sein. Die Leuna-Werke gehörten zur Treibstoff-Industrie und waren extrem kriegswichtig, so wurde uns damals gesagt. Zusammen mit in der Nähe stationierten Soldaten sollten wir Mädchen dieses große Werk bewachen.

Die Soldaten liefen tagsüber Streife, wir Mädchen waren für die Nacht eingeteilt. Mir war es aber nicht ganz geheuer, allein mit einem Gewehr über der Schulter eine ganze Stunde durch die Nacht zu laufen."

„Ach du meine Güte! Allein! Konnten Sie das Gewehr wenigstens bedienen? Hatte man Sie daran ausgebildet?"

„Ach, woher denn! Wir bekamen jede ein Gewehr mit der passenden Munition ausgehändigt, man lud die Gewehre für uns – und dann hat man uns auf die Stube geschickt. Ich weiß wirklich nicht, ob ich im Notfall hätte schießen können."

„Das war ja unverantwortlich!"

„Na, so war aber die Lage damals. Ich sage mal so: Die „fitten" Soldaten waren im Krieg und an der Front. Die Soldaten, die in der Nähe unseres Lagers stationiert waren, waren verwundet und – in meinen Augen jedenfalls – noch nicht wieder ganz genesen. Deshalb schickten die Offiziere diese Männer tagsüber auf Streife."

„Aber, Frau Förster! Man kann doch keinem minderjährigen Mädchen – denn das waren Sie nach damaligem Recht ja noch – zumuten, mutterseelenallein mit einem Gewehr, in dessen Gebrauch es nicht unterwiesen wurde, in tiefster Dunkelheit um ein großes Firmengebäude zu laufen. Wenn ich mich recht erinnere, herrschte der Verdunkelungsbefehl – da gab es außer dem Mond doch überhaupt kein Licht im Freien. Ich muss sagen, ich bin empört!"

„Ja, das glaube ich Ihnen gern. Aber das waren andere Zeiten damals. Frauen wurden in der Rüstungsindustrie eingesetzt und mussten körperlich schwerste Arbeiten verrichten – nämlich die, die sonst von Männern, die jetzt aber im Krieg waren, erledigt wurden. Da hat man keine solchen Rücksichten genommen.

Ich war und bin nur eben ein Angsthase. Deshalb hatte ich mir gleich überlegt, wie ich mir die Aufgabe einfacher machen konnte. Und wie so oft, hatte ich eine gute Idee. Ich fragte eine meiner Stubenkameradinnen, ob wir denn nicht zusammen losziehen wollten. Dann würden wir eben zwei Stunden statt nur einer Streife laufen – aber wir wären nicht allein und könnten uns leise unterhalten. Sie war sofort begeistert und so haben wir die ganze Zeit über zusammen Wache geschoben."

„Eine tolle Idee! Sagen Sie mal, Frau Förster, mussten Sie eigentlich je Ihr Gewehr benutzen?"

Mit Inbrunst antwortet sie mir: „Nein, Gott sei Dank musste ich das nie – auch meine Stubenkameradin nicht!"

Und damit legt das Schiff in Oberwesel an und wir stürzen uns mitten ins Touristen-Getümmel.

Ein weiteres Treffen

„Heute ist schlechtes Wetter", höre ich Frau Förster aus dem Telefonhörer seufzen, „lassen Sie uns lieber nicht so weit wegfahren. Zum Spazierengehen ist es zu nass und zu kalt. Was halten Sie von einem Besuch im „Russischen Hof" in Schlangenbad?"

Na, viel halte ich davon – und schon sind wir beide auf dem Weg dahin.

Die Eigentümerin des „Russischen Hofs" kennt Frau Förster schon seit Jahren. Wir bekommen einen wunderschönen Tisch im Kaminzimmer und machen es uns in der eleganten, behaglich warmen Stube gemütlich. Nachdem die Kuchenstücke und Kaffeekännchen vor uns stehen, versinken wir wieder in eine unserer Plaudereien, wie Frau Förster das immer nennt.

„Wo ich gewohnt habe in Berlin? Na, in Lichterfelde, an der Grenze zu Zehlendorf."

„Ach, das ist ja interessant, liebe Frau Förster. Eine gute Freundin meiner Mutter, die während der Kinderlandverschickung nach Trebur kam, wohnt in der Giesensdorfer Straße."

„Ja, die kenne ich gut – unsere Wohnung war nicht weit von dieser Straße entfernt. So klein ist die Welt!"

„Dann sind Sie also in Berlin zur Schule gegangen, richtig?"

„Ja, meine Eltern sind nach einem relativ kurzen „Wohn-Ausflug" aufs Land (nach Tirschendorf – da wohnten meine Großeltern) – wieder nach Berlin gezogen. Meine Mutter führte da ihr eigenes Kolonialwarengeschäft. Ach, das war ganz lustig. Sie war schon immer unternehmerisch interessiert, was damals für Frauen nicht selbstverständlich war. Schon bevor sie meinen Vater kennenlernte, hatte sie mit diesem Geschäft geliebäugelt, denn sie wusste, dass es bald verkauft werden sollte. Der Eigentümer wollte sich zur Ruhe setzen. Nun lernte sie meinen Vater kennen und bat ihn später – getreu der Devise „Vier Augen sehen mehr als zwei!" – zum Besichtigungstermin mitzukommen. Das tat er denn auch.

Dieser Termin verlief sehr gut und der Eigentümer machte meiner Mutter ein wenig Hoffnung, dass er sie als Käuferin in Betracht ziehen könnte. Aber ach – ein paar Tage später rief er sie an und teilte ihr mit, dass er sein Geschäft an einen anderen Interessenten verkauft habe. Sie war mehr als enttäuscht.

Und was, glauben Sie, stellte sich bald heraus? Mein Vater hatte ihr den Laden vor der Nase weggeschnappt – weil er fest vorhatte, meine Mutter um ihre Hand zu bitten. Mit dem Geschäft im Hintergrund rechnete er sich offenbar größere Chancen auf ihr Ja-Wort aus!"

„So ein Schlingel! Glauben Sie denn, dass Ihre Mutter Ihren Vater ohne das Geschäft nicht erhört hätte?"

„Ach i wo – sie hatte sich ja schon heftig in ihn verliebt. Aber so waren sowohl Emotionen als auch der Verstand zufrieden gestellt."

„Sagen Sie, Frau Förster, es fanden ja im Dritten Reich Deportationen von Juden statt. Haben Sie in Ihrer Umgebung etwas davon bemerkt? Waren vielleicht sogar Freundinnen oder Bekannte davon betroffen?"

„Also in meiner Schulklasse gab es kein Mädchen, das irgendwann einmal nicht mehr zum Unterricht erschien. Auch in meinem Wohnhaus mit 8 Parteien habe ich nicht bemerkt, dass jemand plötzlich nicht mehr da wohnte oder gar abgeholt wurde. Häufig fanden diese Abholungen wohl nachts statt – und das hätten wir sicher gehört.

Eines Tages erzählte meine Mutter, dass unser Hausarzt, Dr. Jacoby, so einen gelben Stern tragen musste. Sie erklärte mir, dass damit die Menschen jüdischer Rasse erkennbar gemacht werden sollten. Ich fand das zwar sehr merkwürdig, habe mir aber (wie so oft) nichts dabei gedacht. Es war eine Anordnung der Regierung – und das war dann eben so.

Eines Tages wollten meine Mutter und ich wieder zu Dr. Jacoby in die Praxis gehen. Aber das Schild war verschwunden. Von Hausbewohnern erfuhren wir dann, dass Dr. Jacoby mitsamt seiner Familie plötzlich verschwunden war, aber niemand konnte (oder wollte) uns sagen, was passiert war. Wir waren darüber sehr traurig und haben auch nie in Erfahrung bringen können, was aus der Familie geworden war."

Ich merke Frau Förster an, dass ihr dieses Erlebnis heute noch sehr nahe geht.

Und noch ein Treffen

Die Sonne scheint – es ist ein herrlicher, wenn auch ziemlich kalter Wintertag. Frau Förster hat vor ein paar Minuten den Wunsch geäußert, nach Wiesbaden zum Shoppen zu fahren.

„Wissen Sie, Frau Gesang, Kleidung kaufe ich am liebsten an kühlen oder kalten Tagen. Da ist es in den Umkleidekabinen nicht so stickig. Und wenn wir alles erledigt haben, dann spazieren wir zum „Nassauer Hof". Die sogenannte „Orangerie" dort ist wunderbar – ein runder Bau ... sehr elegantes Interieur. Und gut essen kann man da auch!"

Wie immer sind mir Frau Försters Wünsche Befehl und wir düsen los.

Es gibt nur ein Bekleidungsgeschäft, in das Frau Förster shoppen geht – „Peter Hahn".

„Hier kennt man mich schon seit vielen Jahren und ich bekomme immer dieselbe Verkäuferin. Hoffentlich bleibt sie noch im Geschäft, so lange ich lebe. Da ist sie ja. Guten Tag, liebe Frau Schmidt! Jetzt haben wir uns lange nicht mehr gesehen. Wissen Sie, ich war gestürzt und für einige Zeit völlig außer Gefecht gesetzt. Aber jetzt habe ich wieder Lust, mir etwas Neues zum Anziehen zu kaufen. Können Sie mir ein paar schöne Oberteile zeigen? Sie wissen ja,..."

Guten Gewissens überlasse ich Frau Förster der kompetenten und freundlichen Beratung durch Frau Schmidt und schlendere durch die Gänge. Da entdecke eine wunderschöne Handtasche, die ich mir nach eingehender Beratung mit mir selbst dann doch leisten möchte.

Frau Förster kommt nach einiger Zeit hocherfreut aus der Kabine und zeigt mir ihre neuesten Errungenschaften – eine 7/8-Hose in Vichy-Karo und zwei Oberteile, die perfekt dazu passen. Ob mir diese Sachen denn auch gefielen, will sie sofort wissen.

„Frau Förster, die sind wie für Sie gemacht, finde ich."

Zufrieden strömen wir zur Kasse, wo man Frau Förster – sehr aufmerksam – einen Stuhl bringt. Das längere Stehen, Laufen und Umziehen haben sie ein bisschen ermüdet. Sie gibt mir ihr Portemonnaie und bittet mich, den Kauf für sie zu erledigen.

„Und wenn Sie schon dabei sind, dann geht Ihre schicke neue Handtasche auch auf meine Rechnung, liebe Frau Gesang. Nein, keine Widerrede, das habe ich soeben einstimmig beschlossen!"

Ich bin sehr gerührt und danke ihr herzlich. In Null-Komma-Nix sind die Waren bezahlt und hübsch verpackt. Selbstverständlich lasse ich nun meinerseits nicht zu, dass Frau Förster auch nur ein einziges Teil davon trägt.

„Frau Gesang, bitte seien Sie mir nicht böse, aber ich schaffe es nicht mehr, zum „Nassauer Hof" zu laufen. Könnten Sie uns bitte eine Taxe rufen? Bis Sie jetzt Ihr Auto aus dem Parkhaus geholt haben, dauert mir zu lange. Ich habe nämlich Hunger. Und einen Parkplatz finden Sie vor dem Restaurant sowieso nicht. Da ist eine Taxe die beste Lösung."

„Das mache ich gerne, Frau Förster. Aber sind Sie sicher, dass Sie noch zum Essen gehen wollen? Es macht mir nichts aus, Ihnen zu Hause ein paar Kartöffelchen mit Gemüse zu kochen..."

„Nein, nein – es geht schon. Nur das Laufen wäre jetzt einfach zu viel für mich. Und ich freue mich schon so auf das Essen dort! Sie werden sehen, es ist sehr lecker und wird Ihnen auch gefallen."

Im Taxi lassen wir uns hochherrschaftlich die Wilhelmstraße hinunter kutschieren und bekommen in der „Orangerie" einen sehr guten Tisch. Auch hier ist Frau Förster wohlbekannt.

Und sie hat völlig Recht: Die Auswahl an Gerichten lässt keine Wünsche offen. Allerdings wäre ich allein niemals hier eingekehrt ... die Preise bewegen sich weit oberhalb meines Budgets.

Beim Speisen plaudern wir natürlich wieder angeregt über alte Zeiten.

„Gegen Ende des Krieges wurde ich zu einer Flakstellung nach Baden bei Wien kommandiert. Man hatte festgestellt, dass ich eine Eignung als Horcher besaß."

„Horcher???"

„Ja, in den Flakstellungen wurden wir Mädchen zum Bedienen der großen Scheinwerfer und zum Horchen eingesetzt. Die Horcher mussten natürlich ein sehr gutes Gehör haben, um feindliche Flugzeuge schon von weitem hören zu können. Und die Scheinwerfer wurden dann eingesetzt, um unseren Soldaten die Angreifer sichtbar zu machen, damit die Flak-Geschütze zum Einsatz kommen konnten. Ich stand in einem Brustschwenker..."

„Was um alles in der Welt ist ein Brustschwenker?"

„Das ist ein Metallgestell am Scheinwerfer mit etwa 2 Metern Durchmesser. Mit dem Brustschwenker bewegten wir die Scheinwerfer in die Richtung, aus der wir Horcher die feindlichen Flugzeuge kommen gehört hatten.

Wenn wir keinen Dienst hatten, saßen wir in unserer Stube zusammen und haben genäht, gestopft oder auch gesungen. Oft hatten wir den Weltempfänger dabei an. Und einige Male hörten wir dann auch Klumpfüßchens Märchenstunde..."

„Ach herrje, was ist denn das nun wieder, Frau Förster?"

„Na, Klumpfüßchen war natürlich Dr. Goebbels, der Propagandaminister. Und der erzählte immer wieder, wie toll alles sei und wie nahe wir dem Endsieg schon wären. Gegen Ende des Krieges war es aber vielen klar, dass das nicht ganz richtig sein konnte. Deshalb bezeichneten wir seine Radioansprachen auch als Märchenstunden.

Das durfte man natürlich auf gar keinen Fall laut äußern, Frau Gesang! Sonst wäre man wegen Hochverrats glatt verhaftet und an die Wand gestellt worden, wissen Sie?!"

Ein weiteres Treffen

„Ach, Frau Gesang, wie ist es am Rhein so schön, nicht wahr? An diese Liedzeile muss ich immer denken, wenn ich hier in Eltville am Ufer in der Sonne sitze und auf die glitzernden Wellen schaue. Sehen Sie mal, da kommt schon wieder ein Tanker! Der muss stromaufwärts ganz schön arbeiten, das sieht man. Heute ist aber auch wirklich viel los auf dem Rhein!"

„Ja, ich bin auch ganz überrascht, wie viele Frachtschiffe und Motorboote unterwegs sind. Das Wetter macht allerdings auch vielen Appetit, ihre Boote zu benutzen."

„Apropos Appetit – was halten Sie davon, wenn wir jetzt langsam, aber sicher in Richtung „Café Schwab" spazieren? Ich hätte Appetit auf einen guten Kaffee und ein Eis!"

„Na, da bin ich dabei. Lassen Sie uns losströmen."

Und schon sind wir auf dem Weg in Frau Försters Lieblingscafé am Eingang der Fußgängerzone in Eltville. Im Sommer kann man hier gut draußen sitzen und die vorbeiflanierenden Menschen beobachten. Das machen wir beide gerne – wie wir schon sehr früh in unserer Bekanntschaft herausgefunden haben.

Frau Förster kennt man hier gut. Die Bedienung, eine sehr nette Dame aus Griechenland, kommt auch sofort zu uns an den Tisch.

„Ja, Frau Förster! Das ist aber nett! Ich freue mich sehr, dass Sie wieder einmal zu uns kommen. Sie waren eine ganze Weile wie vom Erdboden verschwunden und wir haben uns Sorgen gemacht."

„Ach, wissen Sie, ich war gestürzt und hatte mich dabei doch ziemlich verletzt. Deshalb konnte ich einige Zeit gar nicht aus dem Haus gehen. Aber meine liebe Nachbarin, Frau Gesang, ermöglicht es mir jede Woche, Ausflüge zu machen und meinen bisherigen Lebensrhythmus weitestgehend wieder aufzunehmen. Dürfen wir Sie um zwei Kännchen Kaffee und zwei gemischte Eisbecher bitten? Auf meinen Becher hätte ich gerne noch einen Kleks Sahne. Und Sie, Frau Gesang?"

„Oh nein, vielen Dank. Das wäre zu viel des Guten für mich. Leider habe ich nicht Ihre Konstitution und muss auf mein Gewicht aufpassen."

Unsere Bestellung wird prompt geliefert und schon sind wir wieder am Schwelgen ... in Eiscreme und in der Vergangenheit.

„Habe ich Ihnen eigentlich schon erzählt, dass ich in den letzten Kriegsmonaten in Baden bei Wien bei der Flak stationiert war?"

„Ja, Frau Förster, beim letzten Mal haben wir darüber gesprochen. Ich wusste nicht, was ein Brustschwenker war und Sie haben es mir sehr anschaulich erklärt, erinnern Sie sich?"

„Stimmt! Was ich aber noch nicht erzählt habe, ist, dass im Herbst 1944 in unserer Stube Scharlach ausgebrochen war und wir alle unter Quarantäne gestellt wurden. Ich kann Ihnen sagen, das war vielleicht unangenehm. Mit elf anderen Mädchen in einem relativ kleinen Raum bleiben zu müssen, ist wirklich kein Zuckerschlecken. Uns war natürlich langweilig. Umso freudiger war unsere Stimmung, als der Arzt verkündete, wir dürften – allerdings immer nur zu Zweit – kleine Spaziergänge unternehmen, wenn wir uns von anderen Menschen fernhielten. Das haben wir natürlich alle versprochen und schon zog ich mit einer Kollegin los. Das Hellenental ist auch im Herbst wirklich wunderschön..."

„Wie? Sie waren im Hellenental? Da fällt mir ein uralter Schlager ein:

Es gibt ein kleines Wegerl im Hellenental,
das ist für alte Eheleute viel zu schmal.
Die Jungen aber müssen eing'henkt geh'n
und das ist schön, und das ist schön..."

„Ja, dieses Lied kenne ich auch. Oh weh, und Sie sagen, das sei ein uralter Schlager..."

„Ach herrje, Frau Förster, so habe ich das natürlich nicht gemeint!"

„I wo, das weiß ich doch! Sie werden lachen, das Lied haben wir beim Spazierengehen geträllert. Und als wir so vor uns hinsangen, kamen wir auf dem Rückweg an einer kleinen Menschenansammlung vorbei. Neugierig, wie wir Mädels nun mal waren, gesellten wir uns dazu und schauten, was die Menschen denn da so interessiert. Es war eine Abteilung deutscher Soldaten, die sich auf dem Rückzug befanden.

Die Gesichter der Männer sprachen Bände. Es war wirklich kein schöner Anblick. Aber auf einmal fiel mir ein kleiner Mann auf, der direkt neben mir stand. Er kam mir vom Profil her irgendwie bekannt vor. Und als er bemerkte, dass ich ihn ansah, drehte er sich zu mir und ich erkannte ... Hans Moser, den Schauspieler. Es war mir dann doch ein wenig peinlich, ihn so angestarrt zu haben. Da nickte ich ihm lächelnd zu und wandte mich zum Gehen ab."

„Also, Frau Förster, wen Sie einfach so treffen!"

„Ja, nicht wahr? Das ist mir später noch einige Male in meinem Leben passiert. Sie werden schon sehen. Aber weiter im Text. Meine Mutter hat es immer geschafft, mich an meinen diversen Einsatzorten besuchen zu dürfen. In diesem Jahr kam sie zu Weihnachten nach Baden bei Wien. Wir verbrachten eine schöne Zeit zusammen und Mutter fragte mich nach allen Tätigkeiten, die ich täglich verrichten musste. Plötzlich wurde sie still, dachte ein wenig nach und platzte heraus:

„Und wohin gehst Du eigentlich bei Fliegeralarm? Hier gibt es ja gar keinen Luftschutzkeller!"

Und ich antwortete erstaunt: „Na, ich gehe an die Geräte, Mutter – wohin denn sonst? Gerade bei Alarm werden wir doch gebraucht!"

Meine Mutter wurde blass, enthielt sich aber jeden Kommentars. Ihr war ... zum Glück ... nicht bewusst, dass es ein Kriegseinsatz war, den ihre Tochter leisten musste. Und mir war ... ebenfalls zum Glück ... die Gefahr nicht bewusst, in der meine Kolleginnen, die Soldaten und damit auch ich täglich schwebten. Ich hatte übrigens nie wirklich Angst, so merkwürdig sich das auch anhören mag."

„Das ist tatsächlich kaum zu glauben, wenn ich das so höre. Aber mich freut das sehr! Um wie viel schwerer wäre Ihr Leben verlaufen, wenn Sie immer in Angst und Schrecken gefangen gewesen wären."

„Ja, da haben Sie Recht. Um die Geschichte abzuschließen: Eines Tages bekamen wir den Befehl, in unsere Heimatstellungen zurückzukehren und mussten uns binnen weniger Stunden reisefertig machen. Mit dem Zug ging es dann in Richtung Berlin. Während der Fahrt hörte ich immer wieder ein ziemliches Getöse von außen, schaute aus dem Fenster – konnte aber nichts Außergewöhnliches erkennen. Zwei Landser saßen mit in meinem Abteil. Als ich sie nach der Ursache des Kraches fragte, schauten mich die beiden verständnislos an:

„Na, Sie sind jut, Frolleinchen, det is doch de Front", sagten sie.

Ich war verdutzt. Aha, so nah war die Front also schon. Aber selbst in dieser Situation hatte ich keine Angst. Ich bedankte mich für die Information und schaute weiter aus dem Fenster."

„Frau Förster, ich bin sprachlos!"

Und wieder ein Treffen

„Erinnern Sie sich noch, dass ich Ihnen das letzte Mal über meine Zugfahrt von Baden bei Wien zurück nach Berlin erzählt habe?"

Frau Förster und ich befinden uns erneut in der „Orangerie" des „Nassauer Hofs" in Wiesbaden.

„Klar, liebe Frau Förster, ich vergesse nicht so schnell, dass Sie bei der hörbaren Nähe der Front so gar keine Angst verspürt hatten."

„Na ja, so war es aber. Und ich will damit nicht sagen, dass ich besonders mutig bin – ganz im Gegenteil! Es war halt irgendwie einfach „normal". Aber die Geschichte geht noch ein bisschen weiter.

Die netten Landser, mit denen ich mich während der Fahrt unterhielt, fragten mich, was ich denn nun in Berlin tun sollte. Und da wurde mir schlagartig klar, dass ich das gar nicht wusste. Der Befehl lautete lediglich, in die Heimatstellung zurückzukehren. Ich würde mich wohl bei meinem dortigen Vorgesetzten melden müssen.

Die Männer schauten mich eindringlich an und einer riet mir, auf jeden Fall in Berlin sofort die Uniform gegen Zivilkleidung zu tauschen – es wäre immerhin möglich, dass die Russen schon dort seien. Und dann wolle ich bestimmt um keinen Preis in einer deutschen Uniform gesehen werden, schon gar nicht als Frau.

Ich sah ein, dass da etwas Wahres dran sein könnte, und ging vom Bahnhof aus direkt nach Hause. Dort zog ich mich um und wartete auf meine Mutter. Als sie bis spätabends aber nicht nach Hause gekommen war, ging ich am nächsten Morgen wieder zum Bahnhof und fuhr zu unseren Verwandten in die Mark Brandenburg."

„Wie??? Sie sind noch einmal über Land gefahren, obwohl Sie nicht wussten, ob die Russen bereits in der Mark Brandenburg angekommen waren? Das war ja sehr riskant, meinen Sie nicht auch?"

„Heute würde ich das auch so sehen. Aber damals wollte ich nur wissen, was aus meiner Mutter geworden war. Und da meine Verwandten kein Telefon besaßen, war die einfachste Möglichkeit das Hinfahren und Nachsehen.

Ich kam also am Ziel-Bahnhof an und lief los. Ach, ich sollte vielleicht noch erwähnen, dass der kleine Ort, in dem meine Verwandten wohnten, etwa 13 Kilometer vom Bahnhof entfernt lag."

Frau Förster schmunzelt, weil sie meine Reaktion an meiner entsetzten Miene genau ablesen kann.

„Keine Angst, Frau Gesang, es ging damals alles gut. Ich lief die 13 Kilometer ohne Probleme und kam wohlbehalten am Haus meiner Verwandten an. Als ich in die Küche eintrat, sah meine Mutter vom Kartoffelschälen auf und ihr traten Tränen in die Augen. Sie hatte aufgrund der Radiosendungen befürchtet, dass ich in Baden bei Wien umgekommen sein könnte. Dann sprang sie auf und nahm mich fest in die Arme. An diesem Tag gab es ein ganz besonders gutes Essen und alle waren fröhlich – trotz der unsicheren Zeiten."

„Ein wirklich spannendes Erlebnis, das Sie da gehabt haben, liebe Frau Förster! Aber man sagt ja, dass das Leben selbst oft die besten Geschichten schreibt."

„Ja, das stimmt. Und diese ging noch weiter – allerdings nicht mehr ganz so positiv.

Ein paar Tage nach meiner Ankunft hatte ich im Garten Kräuter geerntet, die meine Tante Gerda zum Kochen brauchte. Kurz bevor ich die Küche betreten konnte, hörte ich laute Stimmen. Es klang nach Streit, obwohl ich das von meiner Tante und meinem Onkel nicht kannte.

Ich klopfte an und sofort verstummten die Stimmen. Um nicht neugierig zu erscheinen, wusch ich die Kräuter ab und nahm das Wiegemesser in die Hand. Mein Blick fiel auf einen Gegenstand, den ich niemals in einer Küche vermutet hätte – ein Gewehr. Es lehnte am Küchenschrank. Tante Gerda seufzte tief. Gerade wollte ich fragen, warum das Gewehr in der Küche sei, da schaute meine Tante mich eindringlich an und meinte nur „Psst!" – ich hatte verstanden. Onkel Wilhelm – in Zivil – war vom Volkssturm desertiert und musste sich nun verstecken, um nicht von den Schergen der SS als Verräter hingerichtet zu werden.

Dieser Schreck saß mir noch einige Zeit später in den Knochen."

„Mein Gott, wie schrecklich!"

„Ja, aber das war noch nicht alles, was an diesem Tag passierte. Eine Nachbarin aus dem Dorf kam angerannt und schrie, dass die Russen im Anmarsch seien. Wir suchten sofort alles Wichtige, also Ausweise, Geld und solche Sachen, zusammen und versteckten uns im Hochkeller."

„Was ist denn ein Hochkeller, Frau Förster?"

„Na ja, ein Keller eben, der nicht ganz im Erdreich verschwand. Es gab dort ein winziges Fenster, das über der Erde lag und von dem aus wir zumindest Teile des Weges beobachten konnten. Und richtig, es dauerte keine Stunde, da sahen wir Soldaten auf das Haus zukommen. Diese Vorhut suchte offensichtlich nach deutschen Soldaten. Als sie das Haus leer fanden, gingen sie wieder."

„Puh, noch einmal gut gegangen!"

„Wie man's nimmt! Die Soldaten, die danach kamen, fingen an, das ganze Haus zu durchsuchen. Alles, was nicht niet- und nagelfest war, nahmen sie an sich. Sogar die gut versteckte Goldmünze, die mein Großvater mir geschenkt hatte, fanden sie. Viel schlimmer aber war, dass sie unser Versteck im Hochkeller entdeckten. Sie hielten uns die Gewehre vor die Nase und zwangen uns herauszukommen. Meinen Onkel Wilhelm nahmen einige von ihnen fest und marschierten mit ihm weg. Zwei blieben allerdings zurück. Bevor der eine mich zu fassen kriegen konnte, rannte ich in die nahegelegenen Felder. Er verfolgte mich ein paar Meter, ließ aber dann ab.

Meine arme Mutter hatte leider nicht so viel Glück", fügt Frau Förster traurig hinzu.

Ich bin entsetzt und sprachlos. An diesem Tag haben wir beide keine Lust auf ein Dessert.

Ein weiteres Treffen

Es ist ein wunderschöner Sommertag und Frau Förster möchte zum Rheinufer, um in der Sonne zu sitzen und auf den mächtigen Strom und seine Schiffe schauen zu können. Deshalb fahren wir nach Eltville und nehmen eine Bank im Halbschatten der großen Platanen in Beschlag.

„Ach, Frau Gesang, um nochmal auf die Zeit kurz vor dem Ende des Krieges zurück zu kommen: Nachdem ich mit viel Glück den russischen Soldaten entkommen war, bin ich vom Feld hinter dem Haus meiner Verwandten aus stante pede nach Berlin gelaufen. Ich wollte so viel räumliche Distanz zu diesem schrecklichen Ereignis haben wie möglich."

„Waaas? Sie sind zu Fuß nach Berlin aufgebrochen? Das muss doch ein ziemlich langer Weg gewesen sein, wenn der Bahnhof vom Wohnhaus Ihrer Verwandten schon 13 Kilometer entfernt lag!"

„Ja, das war wirklich ein heftiger Marsch. Ich habe zwei Tage dafür gebraucht und ..."

„ZWEI Tage!!! Ja, wo haben Sie denn die Nacht dazwischen verbracht?"

„Na, im Freien, natürlich. Ich habe mich unter einen größeren Busch gesetzt. Zum Glück hat es nicht geregnet."

„Sagen Sie mal, Frau Förster, hatten Sie denn da überhaupt keine Angst?"

„Nee, schon wieder nicht – auch wenn es Ihnen schwerfallen sollte, das zu glauben. Ich dachte mir, dass es in der Mark Brandenburg ja schließlich keine gefährlichen wilden Tiere geben kann. Nur vor Ameisen hatte ich einen Heidenrespekt … aber ich hatte den Untergrund genau angesehen, bevor ich mich dort niederließ, glauben Sie mir. Ich hatte ein paar Bedenken, dass ich mich verirren und wer weiß wo hinlaufen könnte. Aber die grobe Richtung wusste ich ja.

Im Morgengrauen des nächsten Tages bin ich dann einfach wieder losmarschiert. Als ich den Oranienburg erreicht hatte, war es sehr einfach. Ich lief einfach neben den Schienen her – die führten direkt nach Berlin.

Unsere Wohnung war leider von Bomben getroffen worden und zwei der fünf Zimmer konnte man nicht mehr bewohnen. Ich richtete mich dann in den intakten Zimmern (meines war auch heil geblieben) ein und wartete auf meine Mutter.“

„Und – kam Ihre Mutter denn zurück?“

„Ja, es dauerte ein paar Tage, aber sie kam. Sie hatte den Zug genommen und war ganz gut durchgekommen.“

„Darf ich fragen, wie es ihr ging? Sie hatte ja vorher ein traumatisches Erlebnis überstehen müssen…“

„Frau Gesang, meine Mutter hat nie darüber gesprochen. Ich meinerseits hatte auch nicht den Mut, das Thema anzuschneiden. Sie nahm mich nur herzlich in die Arme und drückte mich fest. Mehr war nicht nötig.“

„Eine sehr starke Frau, Ihre Mutter!“

„Ja, das war sie ganz gewiss! Ein paar Tage später gab es noch einmal Fliegeralarm und meine Mutter und ich liefen in den Luftschutzkeller. Dort saßen wir – wie alle anderen auch – auf Bänken und hielten unsere Pässe und unser Bargeld auf dem Schoß. Meine Mutter schaute sich um und meinte sehr erstaunt, dass hier doch tatsächlich der evangelische Pastor und der katholische Priester einträchtig nebeneinander saßen. Ich sah darin nichts Verwunderliches, aber meine Mutter fand das bemerkenswert.

Plötzlich drehte sie sich zu Seite und begrüßte eine Dame, die gerade Platz genommen hatte. Es war Hilde Benjamin, die nach dem 17. Juni 1953 in der DDR Justizministerin werden sollte. Sie wissen doch, was an diesem Datum in der DDR geschehen ist, Frau Gesang?"

„Ja, da kam es zu einem Volksaufstand oder Arbeiteraufstand, der von den sowjetischen Truppen gewaltsam niedergeschlagen wurde."

„Stimmt. In dieser Streikwelle hatte man lautstark Hilde Benjamins Inhaftierung gefordert (sie war vorher Vizepräsidentin des Obersten Gerichts der DDR). Nach dem Scheitern des Aufstandes wurde sie Justizministerin."

„Oh, da haben Sie ja – nach Hans Moser – wieder eine prominente Persönlichkeit gesehen – ohne es damals allerdings wissen zu können. Spannend!"

„Ja, und das sollte in meinem Leben nicht die letzte Persönlichkeit gewesen sein", lacht Frau Förster.

Und noch ein Treffen

Frau Förster und ich fahren wieder einmal zusammen zu einem Restaurantbesuch. Dieses Mal ist unser Ziel Schloss Johannisberg im Rheingau. Frau Förster ist auch hier – wie sollte es anders sein – Stammgast gewesen, so lange sie selbst noch Auto fuhr. Das Schloss liegt malerisch auf einer Anhöhe und man hat im dortigen Wintergarten einen wunderschönen Blick auf das Rheintal – ganz zu schweigen von der gehobenen Küche und dem gut bestückten Weinkeller.

Wir machen es uns an unserem reservierten Tisch gemütlich, studieren die Menükarte und bestellen etwas Leckeres. Frau Förster wählt als Getränk einen Riesling, ich eine Apfelschorle.

„Schade, Frau Gesang, dass Sie diesen guten Tropfen nicht auch genießen können."

„Lieber nicht, Frau Förster, ich möchte uns schließlich noch heil und ohne Unfall nach Hause kutschieren können."

„Auf dem Weg hierher sind wir ja an einigen schönen Häusern vorbeigekommen. Da musste ich wieder an das Haus denken, das meine Mutter damals in den Zeiten der Judenverfolgung von einer jüdischen Familie gekauft hatte."

„Ihre Mutter?"

„Ja, mein Vater war zu dieser Zeit leider schon tot. Sie kaufte das Haus also für 70.000 Reichsmark – ganz offiziell und mit notariellem Kaufvertrag.

Nach dem Krieg musste sie das Haus natürlich an die Erben dieser jüdischen Familie zurückgeben. Einige ihrer Bekannten hatten ebenfalls Häuser von jüdischen Eigentümern gekauft – und mussten nun diese Häuser wieder rückübereignen."

„Oh weh, da war der Kaufpreis natürlich verloren, nicht wahr?"

„Bei Mutters Bekannten – ja. Die hatten die Häuser nämlich sozusagen schwarz gekauft und waren weder beim Notar noch hatten sie einen ordentlichen Kaufvertrag abgeschlossen. Meine Mutter dagegen konnte anhand der Dokumente, die sie sorgfältig aufbewahrt hatte (sie war ja Kauffrau), beweisen, dass alles mit rechten Dingen zugegangen war und sie den Kaufpreis in voller Höhe bezahlt hatte. Die damalige Rechtsprechung sah vor, dass eine Abwertung von 10:1 eingehalten werden musste. So bekam meine Mutter 7.000 D-Mark wieder zurück. Das war sehr viel Geld in dieser Zeit."

„Ja, ich bin auch immer der Ansicht, dass man alles ordnungsgemäß dokumentieren und archivieren sollte. Man weiß nie, ob und wann man die Dokumente vielleicht noch einmal vorweisen muss."

„Ich hatte Ihnen ja erzählt, dass unsere Wohnung in Berlin teilweise ausgebombt war. Nun lief ich eines Tages mit meiner Mutter zum Einkaufen. An den Allee-Bäumen hingen damals viele kleine Zettelchen, auf denen Menschen Dinge zum Tausch anboten oder Gesuche mitteilten. Auf einmal blieb meine Mutter vor einem dieser Zettel stehen – und nahm ihn vom Baum ab! Das hätte ich nie und nimmer von ihr erwartet.

Unter anderen Umständen hätte sie ein Stück Papier aus ihrer Handtasche genommen und darauf die notwendigen Daten notiert. Neugierig las ich die Notiz durch. Darin bot eine Frau eine völlig intakte Dreizimmer-Wohnung zum Tausch gegen eine größere Wohnung an.

Meine Mutter setzte sich am Nachmittag mit der Dame in Verbindung und schon am nächsten Tag fuhren wir zu der angegebenen Adresse, um die Wohnung zu besichtigen. Mutter hatte ihr selbstverständlich mitgeteilt, dass in unserer Wohnung (die für uns beide im Grunde viel zu groß war) zwei Zimmer derzeit unbewohnbar waren. Aber das schien der Dame nichts auszumachen.

Als wir die Wohnung und deren Lage gesehen hatten, machte meine Mutter der Dame das Angebot, die beiden Wohnungen zu tauschen, wobei Mutter der Dame den kompletten Umzug bezahlen würde. Die Dame war mehr als einverstanden und ein paar Wochen später zogen wir um."

„Aber Frau Förster – die Dame hatte dabei doch (bitte verzeihen Sie!) den schlechteren Tausch gemacht. Das kann ich mir bei Ihnen und Ihrer Mutter so gar nicht vorstellen!"

„Ja, es scheint so, nicht wahr? Nein, nein – die ausgebombten Wohnungen wurden wieder instandgesetzt und aus irgendeinem Topf kamen erhebliche Zuschüsse dafür. Die Dame hatte also keine Nachteile."

„Ach, dann war das wohl eine größere Familie, die mehr Platz brauchte?"

„Sollte man meinen, aber weit gefehlt! Die Dame zog zusammen mit ihrer halbwüchsigen Tochter in unsere Wohnung. Ein paar Tage nach unserem Einzug fragte meine Mutter deshalb bei einer Nachbarin vorsichtig nach. Die Nachbarin berichtete hinter vorgehaltener Hand, dass die Dame unbedingt wegziehen wollte. Ihr Mann sei Mitglied der Waffen-SS gewesen und sie schämte sich sehr dafür. Sie wollte in einem anderen Stadtteil leben, wo niemand die Vergangenheit kannte."

„Oh!"

„Ja, so war das damals. Aber es gab auch lustigere Zettelchen an den Bäumen. Meine Mutter suchte einmal unbedingt einen Nachttopf. Im Vorbeigehen erhaschte ich einen Blick auf ein Angebot: Nachttopf abzugeben – gegen einen Laib Brot. Dieses Stück Papier habe ich dann mitgenommen und den Tauschhandel perfekt gemacht", lacht Frau Förster.

Und wieder ein Treffen

„So, Frau Gesang, heute zieht es mich magisch nach Wiesbaden. Waren Sie schon einmal im „Café Maldaner"? Nein? Na, dann wird es höchste Zeit, diese Bildungslücke zu schließen. Sie werden begeistert sein. Das „Maldaner" ist im Stil eines Wiener Caféhauses eingerichtet und hat den Charme der Zeit um die Jahrhundertwende ... also die vorletzte, natürlich", berichtigt sie sich sofort.

Und Frau Förster behält Recht! Im „Café Maldaner" fühlt man sich wirklich zurückversetzt in die sogenannte gute, alte Zeit, in der es noch einen Kaiser in Deutschland gab und die Weltkriege die Menschen noch nicht erschüttert hatten. Wir bekommen vom Ober, der Frau Förster natürlich als ehemalige Stammkundin begrüßt (sie ist wirklich viel ausgegangen!), einen guten Tisch zugewiesen. Als es ans Bestellen geht, wählt Frau Förster – nein, keinen Kuchen, sondern den Mittagstisch, den sie auch mir sehr empfiehlt. Da ich mittlerweile weiß, dass Frau Förster sich sehr gut auskennt, vertraue ich ihr gerne und ordere das Gleiche.

„Ach, Frau Gesang, heute erzähle ich Ihnen lieber mal ein bisschen von der Zeit nach dem schrecklichen Krieg. In dieser Atmosphäre möchte ich einfach über etwas Schöneres sprechen. Wissen Sie eigentlich, dass ich vor meinem Jura-Studium bei den Engländern gearbeitet habe?"

„Bei den Engländern? Sie meinen, in der Besatzungsverwaltung?"

„Ja, genau! Damals war die noch in Berlin angesiedelt. Kurz bevor ich diese Stelle bekam, hatte ich auf Anraten meiner Mutter eine Sprachschule besucht und mich in Englisch und Französisch ausbilden lassen. Das kam mir gut zupass und die Briten stellten mich sofort ein."

„In welchem Bereich waren Sie denn da tätig?"

„Im Postwesen. Man wies mir einen Schreibtisch zu und erklärte mir, was ich zu tun hätte. Die Arbeit war interessant und nicht allzu schwierig, so dass ich die englische Mentalität gut beobachten konnte – ganz abgesehen davon, dass durch das tägliche Englisch-Sprechen mein deutscher Akzent stetig abnahm.

Einmal ging ich in einer Pause aus meinem Büro, um mir in der Kantine einen Kaffee zu holen. Auf dem Flur traf ich meinen unmittelbaren Vorgesetzten, „Wolfie" genannt, der ins Gespräch mit einem Kollegen vertieft war. Als er mich bemerkte, fragte er, ob etwas nicht in Ordnung sei. Ich sagte ihm, dass ich mir nur einen Kaffee holen wolle. „Oh", meinte er darauf, „ich werde gleich veranlassen, dass Ihnen etwas gebracht wird, Fräulein Förster. Wäre Ihnen a nice cup of tea angenehm?" Das hat mich sehr verwundert. Immerhin war ich ja eine Deutsche, also eine ehemalige Feindin. Und richtig: Ich drehte mich um und ging ins Büro zurück – da hörte ich seinen Kollegen sagen „Hey, Wolfie, who actually lost the war?"

Das war mir damals sehr peinlich, daran erinnere ich mich heute noch sehr gut! Aber kaum eine Viertelstunde später brachte mir der Bürobote eine Tasse Tee und ein Kaffeestückchen. Und von da an bekam ich jeden Tag vormittags einen Tee mit einem Sandwich und nachmittags einen Tee mit etwas Süßem, stellen Sie sich das vor!"

„Na, das war aber spendabel! Und Sie mussten nichts dafür bezahlen?"

„Ach i wo! Uns deutschen Angestellten ging es dort – versorgungstechnisch und auch sonst – sehr gut. Wir konnten jeden Tag in der Kantine essen, ohne unsere Lebensmittelmarken einsetzen zu müssen. Das war viel wert, glauben Sie mir!

Ein paar Tage später sah ich durch die Scheibe meiner Bürotür „Wolfie" mit einem anderen Kollegen auf dem Flur eine Tasse Tee trinken. Er balancierte seine Untertasse auf der linken Handfläche und mit der rechten Hand griff er nach dem Henkel der Tasse ... da zögerte er auf einmal. Offenbar suchte er den Löffel, um den heißen Tee umzurühren. Es war aber keiner da. Na, jetzt war ich auf seine Reaktion sehr gespannt: Ohne mit der Wimper zu zucken und mitten im Satz zog er mit der Rechten seinen silbernen Druckbleistift aus der Brusttasche, drehte ihn um und rührte seelenruhig in der Tasse herum. Das war echte britische Contenance!"

„Oh, das hätte ich zu gerne auch beobachtet! Einfach genial, diese Reaktion! Und die Briten waren den deutschen Angestellten gegenüber nicht abweisend eingestellt? So kurz nach dem Krieg?"

„Nein, nein - überhaupt nicht! Zumindest meiner Erfahrung nach behandelten sie uns nicht anders als englische Angestellte. Ach ja, da fällt mir noch eine kleine Anekdote ein. Im Büro gab es ja den Büroboten, also unseren Messenger. Er trug den lieben langen Tag Akten und manchmal auch Tee *(hier lächelt sie)* im Gebäude herum. Er hieß Benno, das weiß ich noch gut. Eines Tages war „Wolfie" bei mir im Büro, als Benno mit einem Arm voller Dokumente hereinkam. „Wolfie" musterte ihn kurz – und bevor Benno den Raum wieder verlassen konnte, sprach er ihn auf dessen Schuhe an. Die waren wirklich desolat ... die Sohlen hingen nur noch an kleinen Fäden fest. „Wolfie" griff in eine Schublade, holte einen Katalog heraus und bat Benno, sich daraus Schuhe auszusuchen – zwei Paar, wie „Wolfie" betonte. Die wolle er ihm bestellen. Als Benno zögerte, schaute „Wolfie" ihm fest in die Augen und sagte nur „for free – a gift, you understand?"

Ich war wie vom Donner gerührt!"

„Jetzt bin ich aber auch platt, Frau Förster. Wer hätte das gedacht?"

„Es kommt noch besser. Eine deutsche Kollegin war krank geworden und lag zu Hause im Bett. Mir war klar, dass sie an diesem Tag nichts zu essen haben würde, denn sie lebte allein. Ich bat „Wolfie" um eine Stunde Freizeit über Mittag. Ich wollte mit meinen Lebensmittelkarten etwas für sie besorgen und zu ihr bringen. „Wolfie" muss mir das angesehen haben und schickte mich mit einem Zettel in die Kantine. Dort händigte man mir einen großen Behälter mit heißem Eintopf aus – für die Patientin! Vorsichtig habe ich die Terrine im Bus durch halb Berlin transportiert. Meine Kollegin hatte beim Anblick des Eintopfes Tränen in den Augen!"

Ein erneutes Treffen

Frau Förster ruft an.

„Guten Morgen, liebe Frau Gesang. Heute ist ja alles weiß draußen. Bei diesem Wetter möchte ich Ihnen nicht zumuten, mich in der Gegend herumzukutschieren. Wir bleiben schön warm und gemütlich zu Hause. Ist Ihnen das Recht?"

„Aber ja, Frau Förster, das ist sicher das Beste heute. Die weite Welt läuft uns ja nicht weg. Ich habe gestern Abend einen Kirsch-Streusel-Kuchen gebacken. Was halten Sie von einem Nachmittagskaffee bei Ihnen?"

„Na, davon halte ich viel! Dann bis später – ich freue mich schon auf den Kuchen!"

Gegen 15 Uhr öffnet Frau Förster mir ihre Haustüre und schaut mit gespanntem Blick auf meinen Korb. Aus dem Wohnzimmer weht ein herrlicher Duft nach frisch gebrühtem Kaffee die Treppe herunter und ich kann sehen, dass uns beiden gerade das Wasser im Mund zusammenläuft.

Schnell ist der Tisch gedeckt, der Kuchen portioniert, der Kaffee ausgeschenkt und wir tauchen wieder in Frau Försters Erlebnisse ein.

„Ich habe ja bei unserem letzten Treffen die Engländer gelobt, erinnern Sie sich?"

„Selbstverständlich, Frau Förster, ich war doch sehr erstaunt, dass Ihr Chef dem Büroboten aus seiner eigenen Tasche zwei Paar neue Schuhe spendiert hat."

„Genau! Aber wissen Sie, die Engländer waren nicht die einzigen netten ehemaligen Feinde. Kennen Sie den Begriff der Luftbrücke?"

„Aber klar kenne ich den! Im Sommer 1948 hat die Regierung der sowjetischen Besatzungszone Berlins den Westteil der Stadt, den die SBZ ja wie ein Ring umschloss, vom Rest der westlichen Besatzungszonen abgeschnitten. Ich glaube, der Grund dafür war die Währungsreform in den drei Westzonen. Die Sowjets ließen weder Güter noch Menschen mehr nach West-Berlin hinein oder aus West-Berlin heraus. Das muss für Sie Eingeschlossene doch furchtbar gewesen sein!"

„Und das ist noch milde ausgedrückt. Die sowjetische Besatzungsmacht hat auch in unmissverständlicher Weise dargelegt, dass die Versorgung West-Berlins nicht durch die Sowjetunion erfolgen würde. Wir waren wie vom Donner gerührt. Was sollten wir nach Aufbrauch unserer Vorräte essen und trinken? Woher sollte unser Strom kommen? Wie lange würde dieser Zustand andauern? Die Ungewissheit war einfach schrecklich."

„Das kann ich gut verstehen! Heutzutage kann man ja wirklich alles zu jeder Zeit bekommen – wir machen uns gar keine Gedanken darüber."

„Ja, das glaube ich. Sie sind ja erst lange nach dem Krieg geboren worden und kennen solche Mangelzeiten nicht. Meine Mutter und ich fingen damals natürlich sofort an, unsere Vorräte zu rationieren. Es war zwar Sommer, als man West-Berlin abriegelte, aber der nächste Winter würde kommen und wir wollten früh genug unsere Brennstoff-Vorräte aufgefüllt haben. Kohle und Koks waren sehr schnell ausverkauft – es blieb dann nur noch das Holz aus den Wäldern übrig. Wo immer man Holz bekommen konnte, wurde es in Leiterwagen nach Hause geschafft. Immerhin lebten zu dieser Zeit in West-Berlin über zwei Millionen Menschen. Stellen Sie sich die Lage einmal vor!"

„Ich bin sprachlos! In der Schule haben wir natürlich über die Luftbrücke gesprochen, aber da hörte sich das ziemlich lakonisch an – West-Berlin war abgeschnitten und die Amerikaner und Briten haben die Bevölkerung für eine Weile aus der Luft versorgt."

„Ja, in Kurzfassung stimmt das sogar. Aber es war sehr viel komplizierter, die Sache logistisch zu bewerkstelligen, glauben Sie mir! Schon eine Weile vor der eigentlichen Berlin-Blockade stellten uns die Sowjets nur an 4 Stunden pro Tag Strom zur Verfügung. Und – als wäre das noch nicht genug Einschränkung gewesen – variierten die Zeiten, an denen wir Strom hatten, sehr stark. Es war durchaus nicht selten, dass es tagsüber überhaupt keinen gab, sondern nur in der Nacht. Meine Mutter hatte unseren Volksempfänger ständig an – wenn kein Ton mehr zu hören war, wussten wir, dass der Strom abgeschaltet worden war. Und sobald es wieder Strom gab, fing auch unser Radio wieder an zu spielen.

Es waren sehr schlimme Zeiten damals. Otto Reuter, der Bürgermeister, schwor uns West-Berliner auf Not und Entbehrungen ein, ließ aber auch einen Funken Hoffnung aufblitzen, dass die Westmächte sich unser annehmen würden. Als die ersten Flugzeuge mit Lebensmitteln und anderen wichtigen Gütern in West-

Berlin ankamen, gaben wir ihnen – nach berlinischer Tradition – recht schnell den Namen „Rosinenbomber". Den haben Sie sicher auch schon gehört, nicht wahr?"

„Ja, natürlich – dieser Begriff ist sehr bekannt. Ein amerikanischer Pilot soll Süßigkeiten in kleinen Beuteln an Taschentücher gebunden haben, die dann wie kleine Fallschirme wirkten. Vor der Landung auf dem Flughafen Tempelhof hat er die Leckereien wann offenbar aus dem Cockpit abgeworfen und die Kinder, die wohl auf die Flugzeuge gewartet hatten, konnten sie aufsammeln. Die Amerikaner nannten dieses Flugzeug einen candy bomber. Sie alle in Berlin waren sicher sehr dankbar!"

„Das waren wir wirklich! Und ich bin es heute noch – ohne die Hilfslieferungen der Amerikaner, Briten und auch Australier, glaube ich, hätte West-Berlin kapitulieren müssen und wir wären alle unter sowjetische Verwaltung gekommen. Es waren auch ein paar französische Flugzeuge dabei, aber ich glaube, die Franzosen waren nicht wirklich intensiv an der Luftbrücke beteiligt.

Stellen Sie sich mal vor – über diese Luftbrücke wurde ein komplettes Elektrizitätswerk sozusagen eingeflogen, das uns vom sowjetischen Strom unabhängig machen sollte. Schon damals konnten meine Mutter und ich uns nicht vorstellen, dass ein solches Vorhaben möglich sein sollte. Aber es hat geklappt.

Von Ende Juni 1948 bis Ende September 1949 haben uns die Westmächte versorgt, das muss man sich einmal vorstellen. Ich glaube, die Piloten müssen am

Ende ihrer Kräfte gewesen sein. Und auch die Flugzeuge waren ja ständig in Bewegung. Die Mengen an Gütern, die man uns brachte, sind unvorstellbar. Ich glaube, wenn die Blockade länger gedauert hätte, hätten die Westalliierten es nicht weiter durchhalten können. Und deshalb habe ich größte Hochachtung – die Piloten waren damals und sind auch heute noch meine Helden!"

„Das kann ich sehr gut verstehen! Wenn man die Situation durchdenkt, haben sie und die fleißigen Helfer am Boden West-Berlin vor dem Verhungern, Erfrieren und auch vor dem Joch der sowjetischen Besatzung bewahrt. Das ist wirkliches Heldentum!"

„Ja, und auf einmal hörten wir dann, dass die Blockade ein wenig gelockert worden sein sollte. Das muss etwa nach einem Jahr der Luftbrücke gewesen sein. Aber dann hat es noch einmal circa vier Monate gedauert, bis die Sowjets endgültig die Blockade abgebrochen haben. Na, die hatten wohl begriffen, dass wir Insulaner uns nicht einfach schlucken lassen. Kennen Sie diesen Begriff eigentlich?"

„Insulaner? Nein, den kenne ich nicht."

„Ungefähr um Weihnachten 1948 herum hat Günter Neumann, damals ein bekannter Kabarettist, den sog. Club der Insulaner zum ersten Mal präsentiert – und zwar im RIAS."

„Ach ja, im Rundfunk im amerikanischen Sektor!"

„Genau. Das war ein herrliches Satireprogramm – wir saßen wie festgeklebt vor dem Radio. Und als wir bemerkten, dass diese Sendung von da an regelmäßig ausgestrahlt wurde, bekamen die Sendezeiten bei meiner Mutter und mir einen festen Platz im Wochenplan. Die Insulaner durfte man einfach nicht verpassen, die Sendung brachte uns zum Lachen – und das war in dieser schlimmen Zeit überlebenswichtig!"

Und noch ein Treffen

Heute sitzen wir ganz entspannt auf der Aussichtsterrasse des „Anleger 511" in Eltville und schauen an diesem wunderbaren Frühlingstag auf den Rhein hinunter. Es ist – wie immer – viel los auf dem großen Strom. Große Schiffe, kleine Schiffe, ja sogar Paddelboote sind unterwegs und wir können uns gar nicht sattsehen. Frau Förster erzählt mir von ihrer Zeit im Jurastudium an der Freien Universität Berlin.

„Wissen Sie, Frau Gesang, ich habe erst mit 29 Jahren mit dem Studium begonnen. Das war 1955. Der schlimme Krieg hatte alles durcheinander gebracht. Bei Kriegsende hatte ich ja nur mein Abitur in der Tasche – an eine Ausbildung oder ein Studium war in dieser Zeit nicht zu denken. Dann habe ich – wie Sie ja wissen – einige Zeit bei der englischen Besatzungsverwaltung gearbeitet. Ich war übrigens die Letzte, die das Gebäude in Köln damals verlassen hat. Hatte ich gesagt, dass die Verwaltung von Berlin aus nach Köln umgezogen war? Nein? Oh, das muss ich vergessen haben. Bitte entschuldigen Sie!"

„Aber, aber, Frau Förster – da gibt es doch nichts zu entschuldigen! Ich bin ohnehin erstaunt und begeistert, dass Sie diese vielen Details in der richtigen Reihenfolge erzählen können!"

„Na ja, ich habe das ja auch alles in dieser Reihenfolge erlebt", lacht sie.

„Wir waren also in Köln, wo man für uns deutsche Zivilangestellte kleine Zimmer zum Wohnen zur Verfügung gestellt hatte. Sie waren mit dem Nötigsten möbliert, sodass ich keine Mühe hatte, sofort dort einzuziehen. Und 1955 zogen dann meine Vorgesetzten mitsamt der englischen Postverwaltung ab. Das war für mich ein einschneidendes Erlebnis, denn nun stand ich sozusagen auf der Straße – ohne Ausbildung, ohne Beruf und zunächst einmal ohne wirkliche Perspektive. Ich entschied, zunächst einmal zu Muttern nach Berlin zurückzukehren. Wissen Sie, es war eine ungeheure Beruhigung für mich, dass in der Wohnung meiner Mutter immer ein Plätzchen für mich frei war. Sie freute sich damals sehr, das weiß ich noch. Ich kam mit meinem Ford Capri und den wenigen Habseligkeiten, die ich besaß, eines Nachmittags an – und Mutter hatte bereits Kaffee gekocht und Kuchen aufgetischt.

Ein paar Wochen lang überlegte ich, was ich denn nun mit meinem noch recht jungen Leben anfangen sollte. Meine Mutter war der Meinung, dass mir alle Wege offen stünden – ich müsse nur eine Entscheidung treffen.

Da ich nun mal ein Abiturzeugnis besaß, beschloss ich, Volkswirtschaft zu studieren. Mit einer Freundin hatte ich kurz darüber gesprochen. Ein paar Tage später kam diese Freundin zu mir und brachte einen Bekannten mit, der mir das Volkswirtschaftsstudium mit Erfolg ausredete. Er war überzeugt, dass die Zukunft in der Juristerei lag, und schlug mir vor, doch in jeder der beiden Fachbereiche einmal eine Vorlesung zu besuchen. Dies verpflichte mich zu nichts, könne mir aber einen guten Einblick verschaffen und mir so die

Entscheidung erleichtern. Genau das tat ich dann auch. Und der Herr hatte Recht! Volkswirtschaft erschien mir viel zu „wischi-waschi". Jura dagegen beschäftigte sich mich echten Fällen aus dem realen Leben von Menschen. Und da stand meine Entscheidung fest. Ich wollte Jura studieren – und schrieb mich gleich am nächsten Tag an der Universität ein.

Diese Entscheidung habe ich nie bereut, das können Sie mir glauben. Während meines Studiums sind mir drei Personen begegnet, von denen Sie bestimmt auch schon gehört haben."

„Oh, jetzt machen Sie mich aber neugierig, liebe Frau Förster. Wer könnte das denn gewesen sein?"

„Zunächst einmal kam der damalige Bundespräsident mit seiner Gattin zu uns in die FU Berlin. Ich stand zufällig in der Nähe ihres Weges, als Heinrich Lübke an mir vorbeischritt. Leider sah er nicht in meine Richtung. Aber Wilhelmine, seine Frau, hat mir sehr huldvoll zugenickt."

„Na, das war ja ein Erlebnis! Natürlich habe ich von Heinrich und Wilhelmine Lübke gehört. Er hat ja so wunderbare Reden gehalten – mein Mann besitzt noch eine Schallplatte, auf der Heinrich Lübke zu hören ist. Wir können uns vor Lachen kaum halten, wenn wir sie abspielen."

„Stimmt – und wenn er seine Wilhelmine nicht an seiner Seite gehabt hätte, wäre er bestimmt nicht lange Bundespräsident geblieben", schmunzelt sie.

„Eine Weile danach gab es auf dem Campus einen großen Menschenauflauf. Da musste ich natürlich auch mal hin und nachsehen, was da los war. Eine Kommilitonin informierte mich atemlos, dass da vorne auf dem Podium John F. Kennedy gerade zu sehen sei. Er werde in Kürze eine Rede halten. Glücklicherweise hatte ich gerade meinen Fotoapparat zur Hand, hielt die Kamera einfach über die Köpfe der Leute und drückte ab. Wenn Sie mich morgen besuchen kommen, zeige ich Ihnen das Foto gerne. Es ist sogar ganz gut geworden."

„Mein Gott, JFK haben Sie gesehen – da wäre ich auch gerne dabei gewesen!"

„Ja, es war eben eine spannende Zeit, damals. Ach ja, ich hatte einen Kommilitonen, der mit vollem Titel Baron von Münchhausen hieß."

„Was? Der Lügenbaron?"

„Na ja, einer seiner Nachfahren sicherlich. Wir saßen also eines Nachmittags im Repetitorium und unser Professor hatte uns die Aufgabe gegeben, zu einem bestimmten Sachverhalt einen fiktiven Fall zu erfinden. Als die Reihe an von Münchhausen kam, konnten wir deutlich sehen, dass er sich nicht vorbereitet hatte. Er fing an zu stottern und sein Konstrukt wurde immer abstruser. Schließlich griff der Professor ein. Er hatte den Baron noch nie mit seinem Titel und noch nie auf seinen berühmten Vorfahren angesprochen – was wir alle sehr gut fanden. Da aber schaute der Professor seinen Studenten augenzwinkernd an und meinte: „Na, Herr Baron, jetzt fangen Sie aber an zu flunkern."

Und wieder ein Treffen

„Frau Gesang, gestern ist mir wieder eine kleine Anekdote eingefallen, die Ihnen Spaß machen könnte."

Wir verlassen gerade das Modehaus Peter Hahn in Wiesbaden und Frau Förster hat einen wunderschönen Kaschmir-Mantel erstanden. Auf dem Weg zum Café „Maldaner" steigt natürlich meine Neugier. Frau Förster aber ist unerbittlich – erst wenn wir gemütlich im Café sitzen und bestellt haben, wird sie mich erlösen.

„So, jetzt habe ich Sie aber lange genug auf die Folter gespannt, liebe Frau Gesang. Ich hatte eine Freundin in Berlin, die – wie ich – an der Freien Universität Volkswirtschaft studierte. Wir haben oft zusammen gelernt oder Hausarbeiten angefertigt. Eines Tages ... es war kurz vor dem ersten Staatsexamen, das weiß ich noch genau ... kam sie wieder einmal zu mir nach Hause und war ziemlich aufgeregt.

Noch bevor ich fragen konnte, was denn passiert sei, sprudelte sie los. Sie hatte in den letzten Tagen gleich zwei Heiratsanträge bekommen. Einer davon kam von einem ihrer Professoren, der andere Antrag kam von dessen jungem Assistenten. Ich fand das zunächst einmal sehr lustig, denn sie musste offenbar auf beide Altersgruppen einen begehrenswerten Eindruck hinterlassen haben.

Das Problem meiner Freundin war nun zu entscheiden, wessen Antrag sie annehmen bzw. wen sie mit einer Ablehnung vor den Kopf stoßen sollte."

„Na, das war doch sozusagen ein Luxusproblem, würde ich meinen. Ihre Freundin hatte die freie Auswahl – in einer Zeit, in der Männer kriegsbedingt ja nicht sehr zahlreich vorhanden waren, nicht wahr?"

„Genau! Sie hätte eigentlich froh sein sollen. Aber wie dem auch sei – wir begaben uns ohne weiteres Nachdenken über dieses Problem an unsere Lernerei für das Examen.

Später ließ mir das Dilemma meiner Freundin aber keine Ruhe. Ich dachte intensiv darüber nach, welchen Rat ich ihr denn geben könnte. Ein paar Tage später hatte ich mir eine Meinung dazu gebildet, aber nun stand das Staatsexamen an und wir waren zu beschäftigt, um uns wieder zu treffen.

Wochen später – die Examensarbeiten abgegeben und auf das Ergebnis harrend – trafen wir uns in einem Berliner Café auf ein Stück Kuchen. Vorsichtig legte ich meiner Freundin dar, dass ich an ihrer Stelle den Antrag des Assistenten annehmen würde. Dieser sei ihr im Alter und dadurch vielleicht auch in den Interessen näher.

Sie teilte mir daraufhin resolut mit, dass die Entscheidung darüber bereits gefallen sei. Sie habe den Antrag des Professors angenommen. Da muss ich wohl ein ziemlich verständnisloses Gesicht gemacht haben. Sie fügte gleich erklärend hinzu, dass der Assistent bei einem ihrer gemeinsamen Ausflüge einen Vorschlag gemacht habe, der ihn in ihren Augen für unwürdig kennzeichnete. Der junge Mann wollte sich von IHRER Mutter Geld für ein Automobil leihen. Unerhört sei das, erboste sich meine Freundin. Ganz offensichtlich sei er ein Mitgiftjäger – und der sollte jagen, wen er wolle, aber nicht sie!"

„Ach herrje, da muss Ihre Freundin aber ziemlich sauer gewesen sein."

„Ja, das war sie auch. Aber gleichzeitig war sie dem Schicksal aber auch dankbar, dass es ihr den wahren Charakter des jungen Mannes VOR der Hochzeit gezeigt hatte.

Und ich habe dieses Erlebnis nie vergessen – und muss wohl alle meine Bewerber sehr kritisch unter die Lupe genommen haben. Jedenfalls habe ich nie einen erhört!"

Ein weiteres Treffen

Frau Förster hatte letzte Woche den Wunsch nach einer Fahrt nach Walluf, dem Tor zum Rheingau, geäußert. Und wie immer sind mir Frau Försters Wünsche Befehl. Sie kennt dort (warum wundert mich das nicht) ein hübsches kleines Café, das „Kaffee Kränzchen" heißt. Als wir dort ankommen, wird Frau Förster – wie nahezu überall – freundlich begrüßt, da sie auch hier früher oft eingekehrt war.

Sie macht mich auf die kleinen Details aufmerksam, die den Charme des Cafés ausmachen: die Wohnzimmer-Atmosphäre, die Sammeltassen und die stets selbst gebackenen Kuchen. Wir wählen aus, bestellen und schon sind wir wieder mittendrin in den Geschichten aus Frau Försters Leben.

„Ach, ich erinnere mich noch an die Geburtstagsfeier einer guten Freundin, die damals 70 Jahre alt wurde. Sie hatte einen Saal im Schloss „Cecilienhof" in Potsdam für den ganzen Tag gemietet und uns Gäste kurzerhand dort für zwei Tage einquartiert.

Nach einem sehr kulinarischen Mittagessen zogen sich einige der – damals ebenfalls schon betagten – Damen zur Ruhe auf ihre Zimmer zurück. Ich dagegen hatte meinen Hund dabei und machte mit ihm lieber einen großen Spaziergang in dem herrlichen sog. Neuen Garten, einem Park, in dessen nördlichem Teil das Schloss liegt. Sie wissen, was im Sommer 1945 im Schloss „Cecilienhof" stattgefunden hat, liebe Frau Gesang?"

„Ja, das war die sog. Potsdamer Konferenz, bei der Truman, Churchill und Stalin die Welt nach dem Zweiten Weltkrieg im Potsdamer Abkommen sozusagen neu geordnet haben."

„Stimmt. Aber der 70. Geburtstag meiner Freundin war natürlich sehr viel später, nämlich 1995. Nachdem ich mit meinem Hund also wieder ins Foyer zurückgekehrt war, sah ich dort zu meinem Erstaunen großgewachsene Herren in schwarzen Anzügen mit irgendwelchen Stöpseln im Ohr stehen. Ich wollte zum Aufzug gehen, aber einer dieser Herren sprach mich sehr freundlich auf Englisch an und bat mich, ein paar Minuten im Foyer Platz zu nehmen. Ein VIP-Gast samt Begleitung komme gerade von einem Ausflug zurück und er sei mit seinen Kollegen für dessen Sicherheit verantwortlich. Selbstverständlich platzierte ich mich in einen der Sessel, die dort standen, nahm den Hund auf meinen Schoß – und wartete.

Noch keine fünf Minuten später öffneten sich die Türen und herein kamen ... Mr. George Bush, der amerikanische Präsident, mit seiner First Lady, Barbara Bush. Ich war sehr erstaunt und schaute die beiden gebannt an. Mr. President rauschte an mir vorbei, ohne mich einen Blickes zu würdigen, aber Mrs. Bush sah zu mir herüber, nickte mir zu und lächelte freundlich."

„Das amerikanische Präsidentenpaar", entfährt es mir ein wenig laut und ich nehme mich sofort zurück, „zu Gast im Cecilienhof! Ach, dann waren die Herren sicher vom Secret Service. Na, Sie haben aber auch Erlebnisse, Frau Förster! Jetzt fehlt eigentlich nur noch ein gekröntes Haupt in Ihrer Sammlung."

„Ja, aber leider war mir das bisher nicht vergönnt. Schade eigentlich!"

Ein letzter Ausflug...

Frau Förster weiß es nicht, ich weiß es auch nicht. Zum Glück, denn dieser Ausflug nach Eltville ins „Café Schwab" wird unser letzter gemeinsamer Ausflug sein. Unsere Stimmung ist – der Ahnungslosigkeit sei Dank – trotz Kälte und trüben Himmels sehr gut und wir bestellen unsere Lieblings-Kuchen samt jeweils einem Kännchen Kaffee.

„Heute muss ich Ihnen unbedingt von einem Erlebnis während meiner Arbeit bei „Eckes" in Nieder-Olm erzählen. Sie wissen ja, dass ich dort als Justiziarin tätig war – 27 Jahre lang bis zu meinem Ruhestand. Es war eine sehr angenehme Arbeit, ich war für das internationale Vertragsrecht zuständig. Es gab natürlich noch weitere Justiziare, aber einer ist mir besonders aufgefallen. Und das kam so:

Wir hatten alle Einzelbüros mit Glaswänden, die mit einer Folie undurchsichtig gemacht worden waren. Eines Tages kam meine Sekretärin in mein Büro und schloss die Tür hinter sich – das tat sie sonst nie. Flüsternd teilte sie mir mit, dass sie diesen bewussten Kollegen dabei ertappt hatte, wie er mich durch ein kleines Loch in der Beschichtungsfolie beobachtete. Sie war der Ansicht, ich sollte das wissen. Und damit hatte sie Recht, denn ich fand dieses Benehmen gar nicht lustig. Wie sollte ich ihn jetzt aber darauf ansprechen, ohne die Sekretärin zu verraten?

Der Zufall kam mir zu Hilfe. Ich verließ ein paar Tage später mein Büro, um zur Toilette zu gehen. Der bewusste Kollege muss erst danach sein Büro betreten haben. Auf meinem Rückweg sah ich ihn schemenhaft sehr dicht an unserer Zwischen-Glaswand stehen. Sofort betrat ich – ohne anzuklopfen – sein Büro und ertappte ihn quase in flagranti. Ich musste mir ein Grinsen verkneifen, als ich sein schuldbewusstes Gesicht sah.

In strengem Ton sagte ich zu ihm: „Ich verbitte mir Ihr Benehmen! Ich werde jetzt für ein paar Minuten an die frische Luft gehen. Wenn ich wiederkomme, gibt es dieses kleine Loch nicht mehr! Haben wir uns verstanden?" Er nickte wortlos. Ich ging ebenso wortlos aus seinem Büro.

Als ich nach zehn Minuten wieder mein Büro betrat, ging ich sofort zu unserer Zwischenwand und schaute nach – er hatte das kleine Loch mit flüssigem Tipp-Ex zugemalt."

„Alle Achtung, liebe Frau Förster, das Problem haben Sie aber sehr elegant gelöst! Ihre Sekretärin wird sicher dankbar gewesen sein, dass Sie ihre Information vertraulich behandelt hatten."

„Ja, das war sie. Und ich freute mich diebisch, dass dieser doch sehr von sich eingenommene Kollege einmal einen echten Dämpfer bekommen hatte."

Abschied

Dieser letzte Ausflug fand kurz vor Weihnachten 2018 statt. Danach nahm Frau Försters Gesundheit einen weniger guten Verlauf und sie kam am Ostermontag 2019 in ein weiter entferntes Pflegeheim, wo sie bis heute lebt. Ich telefoniere immer wieder mit ihr, bemerke aber leider, dass ihre Vergesslichkeit zunimmt. Nur die Geschichten und Anekdoten aus ihrer Vergangenheit sind lebendig wie eh und je.

Bei unserem vorerst letzten Telefonat sagte sie neulich unvermittelt:

„Wissen Sie, Frau Gesang, wann ich am glücklichsten in meinem Leben war? Das war in dem Moment, in dem ich es als kleines Kind geschafft hatte, mich an unserem Gartenzaun hochzuziehen und nicht wieder hinzufallen!"

Zeitfracht Medien GmbH
Ferdinand-Jühlke-Straße 7
99095 Erfurt, Deutschland
produktsicherheit@kolibri360.de